RrEMEMBRANÇAS DA MENINA DE RUA MORTA NUA E OUTROS LIVROS

RrEMEMBRANÇAS DA MENINA DE RUA MORTA NUA E OUTROS LIVROS

VALÊNCIO XAVIER

COMPANHIA DAS LETRAS

CAPA
WARRAKLOUREIRO

REVISÃO
ANA MARIA BARBOSA
CARMEN S. DA COSTA

RrEMEMBRANÇAS DA MENINA DE RUA MORTA NUA
É UMA COLETÂNEA DE ROMANCES GRÁFICOS.
EMBORA O AUTOR POR VEZES RECORRA
A ACONTECIMENTOS REAIS PARA ILUSTRAR
SEUS LIVROS, OS PERSONAGENS E AS SITUAÇÕES
DESTA OBRA SÃO REAIS APENAS NO UNIVERSO DA FICÇÃO

Dados Internacionais de Catalogação na Publicação (CIP)
(Câmara Brasileira do Livro, SP, Brasil)

Xavier, Valêncio
Rremembranças da menina de rua morta nua: e outros livros / Valêncio Xavier. — São Paulo: Companhia das Letras, 2006

ISBN 85-359-0799-8

1. Ficção brasileira I. Título.

06-0724 CDD 869.93

Índice para catálogo sistemático:
1. Ficção: Literatura brasileira 869.93

[2006]

RUA BANDEIRA PAULISTA 702 CJ. 32
04532-002 — SÃO PAULO — SP
TELEFONE [11] 3707-3500
FAX [11] 3707-3501
WWW.COMPANHIADASLETRAS.COM.BR

SUMÁRIO

MEMÓRIAS DE UM HOMEM INVISÍVEL

O filme estava sendo exibido na sessão da tarde. Não, não! O filme estava sendo exibido na segunda sessão da noite, a das dez.

Acho que o nome do filme era *Memórias de um Homem Invisível*, ou alguma coisa assim. Filme de terror, meio comédia.

Memórias de um Homem Invisível 1992 o analista de seguros, Chase, passa a ser procurado pela polícia depois de ter ficado invisível, devido a um acidente. Mistura de thriller e comédia, com muito movimento e suspense. C: Chevy Chase, Daryl Hannah, Sam Neill, Michael McKean, Stephen Tobolowsky. D: John Carpenter. **com (pg1-13)** 99 min.

O cinema era bem vagabundinho, algumas poltronas quebradas, muitas com estofamento rasgado, tela manchada, projeção escura, tremida, sessões das dez da manhã até as duas da madrugada. O público que freqüentava...

Fiuuu!!! Fiuuu!!! Clak!!! Clak!!! Clak!!!

Fiuuu!!! Fiuuu!!! Clak!!! Clak!!! Clak!!!
Arruma essa merda duma vez!!!

O Veado aproveitou a confusão toda e pôs a mão por cima da calça no pau do homem que estava sentado ao seu lado, e a quem ficava olhando o tempo todo, mas o homem não tirava os olhos da tela onde estava sendo projetado o filme *Memórias de um Homem Invisível*.

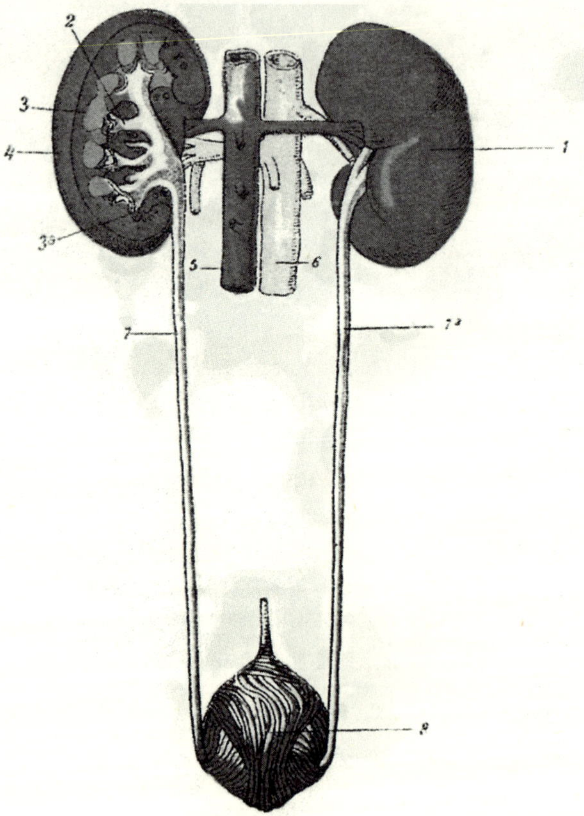

E sentindo que o pau do homem estava duro, desabotoou a braguilha da calça e tirou o pau do homem para fora. O homem continuava não tirando os olhos da tela. O Veado cuidadosamente, com a mão por cima da cabeça do pau do homem, com o dedo médio começou a acariciar o prepúcio da glande do pau do homem, enquanto de um lado o polegar e o indicador, e do outro o mindinho e o anular, com suaves movimentos para cima e para baixo, acariciavam o pau duro do homem que continuava sem tirar os olhos da tela, onde estava sendo projetado *Memórias de um Homem Invisível*.

No filme se via o Homem Invisível olhando no espelho e vendo o seu reflexo de frente onde só aparecia o seu chapéu flutuando no ar, uma vez que suas carnes estavam invisíveis.

O Veado agora agarra o pau do homem e em movimentos para cima e para baixo começa a masturbá-lo. Primeiro lentamente, depois cada vez mais rápido, mais rápido, mais rápido. Como estava à esquerda do homem e o masturbava com a mão direita, acabou encostando seu ombro esquerdo bem no ombro direito do homem. Cada vez mais rápido, cada vez mais rápido, sacolejando sua cadeira e aquela ao lado em que o homem estava sentado, sacolejando os corpos, seu e o do homem olhando a tela...

Outra vez, porra!!!

Fiuuu!!! Fiuuu!!! Clak!!! Fiuuu!!! Fiuuu!!!

Arruma essa merda duma vez!!!

Plaft!!!

a cabeça do homem caiu no colo do Veado, que assustado

.

Uuuuaaaaiii!!!!

.

com as mãos jogou no chão a cabeça que caíra em seu colo

.

Pluuump!!!

.

pesada ficou onde caiu no pé do espectador na outra cadeira

.

Que merda é essa?!?

.

não rolou; o espectador é que deu um chute como numa bola

.

Uuuuaaaaiii!!!!

.

sem saber o que era, o Veado continuava a gritar feito louco

.

A gritaria acordou o projecionista, que finalmente acendeu a luz. O Veado estava de pé, todo molhado com o sangue que espirrou do pescoço e da cabeça que caíra em cima dele.

O Homem de Cabeça Cortada saiu caminhando calmamente em direção à cortina que escondia a porta de saída, seu pau grande duro apontado para a frente. Um dos espectadores que se levantara para ver a cena foi avisado pela sua companheira de que também estava com o pau para

fora, e ele tratou de arrumar-se. Mesmo com a luz acesa o
filme continuava a ser projetado fora de quadro.
Não levou muito tempo para a polícia chegar. Alguns
espectadores aproveitaram a confusão para sair enquanto os
Policiais, entretidos em entender o que tinha acontecido, não
dessem com os olhos neles. O Veado foi levado para a
delegacia a fim de explicar-se.
Eu estava almoçando naquele restaurante de comida por
quilo que tem na Galeria Suíça
A MÃE DO DELEGADO É... O Delegado não estava, só ia
voltar lá pelas dez da manhã. O Veado foi posto numa cela
onde estavam 37 presos. ***MÃE SÓ TEM UMA*** Antes, o
carcereiro acendeu a luz da cela, depois jogou o Veado lá no
meio dos outros presos ***SÓ JESUS CRISTO SALVA*** que
acordaram xingando Deus e todo mundo e ficaram olhando
para o Veado. ***EU GOSTO DE COMER POR TRÁS***

Era quase meio-dia quando o Delegado chegou
E mandou que os carcereiros fossem comprar
comida de primeira no restaurante da Galeria Suíça
(o governo paga)
Assim tudo acabou
Mal mas acabou

O BARQUEIRO DA MORTE

Uma História Verídica Acontecida em Curitiba Capital do Paraná

É a história deste velho

que bebia pra cachorro lá no bar do Chico

0h37min

A Velha começou a morrer de madrugada, na mesma hora que a chuva virou um forte temporal que não se via há muito tempo... O Velho vivia com sua velha Mulher em uma daquelas casas de madeira à beira de rios de água podre que tem nos bairros pobres

de Curitiba, águas para onde vão os cocôs que saem das privadas das casas à beira-rio. Essas águas podres estão cheias de bichos ruins. Vermes de todos os tipos. Escutigeros Lêndeas Filárias Lacraus Escolopendras Tênias Minhocas Cobras-Cegas Traças Tataranas Centopéias Lepismas Aranhas Lagartixas Cobras-de-Cabelo Escorpiões e outros repulsivos animais peçonhentos carregados pela correnteza de águas barrentas caídas em fortes chuvas desde a tarde até a noite negra. Não sei quando isso aconteceu — enchente sempre teve em Curitiba, e muito nos mais bairros pobres.

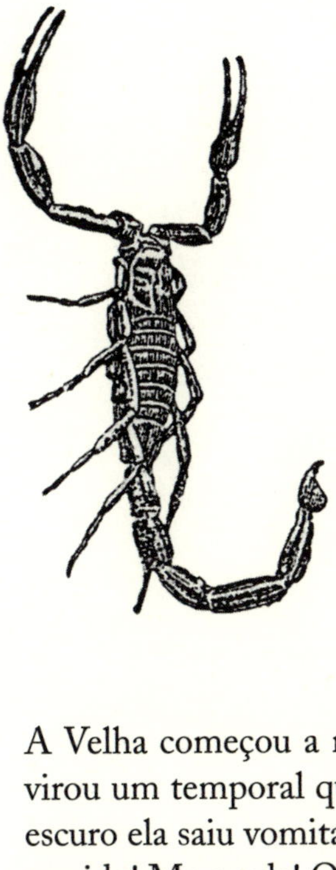

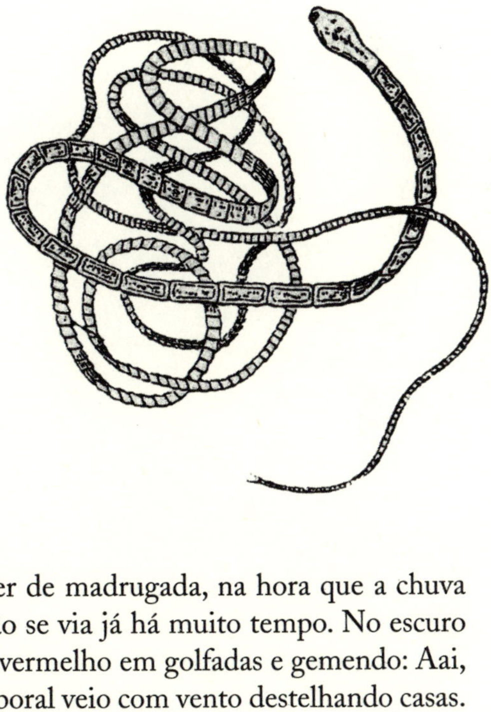

A Velha começou a morrer de madrugada, na hora que a chuva virou um temporal que não se via já há muito tempo. No escuro escuro ela saiu vomitando vermelho em golfadas e gemendo: Aai, marido! Me acuda! O temporal veio com vento destelhando casas. Acordando com os gritos da mulher, o Velho procurou fósforos para acender a vela: a luz elétrica pifara. A casinha de madeira em que viviam se inundava com água da chuva. Ainda bêbado o Velho

conseguiu seguir o rastro vermelho e achou a Velha caída a jorrar sangue pelo chão em cima dum sapo, não se sabe se vindo com a chuva, ou vomitado pela Velha. Meio bêbado, o Velho puxou a Velha, se sujando de sangue, e a arrastou até onde estava seu barco amarrado e foram remando não se sabe para onde. E até os ratos abandonaram a casa inundada. E nem com aquela aguada o Velho acordara direito e não conseguia saber para onde levava a Velha, se para o hospital ou Deus sabe onde. Ela seguia vomitando sangue, sapo, e água enlameada. Ziguezagueando, o barco — que não era nenhum *Titanic* — ia para lá e para cá até afundar. A Velha se fora. Ainda bem que ele tinha um terno de casimira preta para enterros e ser enterrado, para ir a casamentos e outras ocasiões solenes. Um pequeno pote contendo banha de capivara para uso nas dores reumáticas. E ainda a figurinha mais difícil, a de número 130:

ZÉQUINHA VIUVO

É tudo o que sobrou dele!

Mulheres em amores

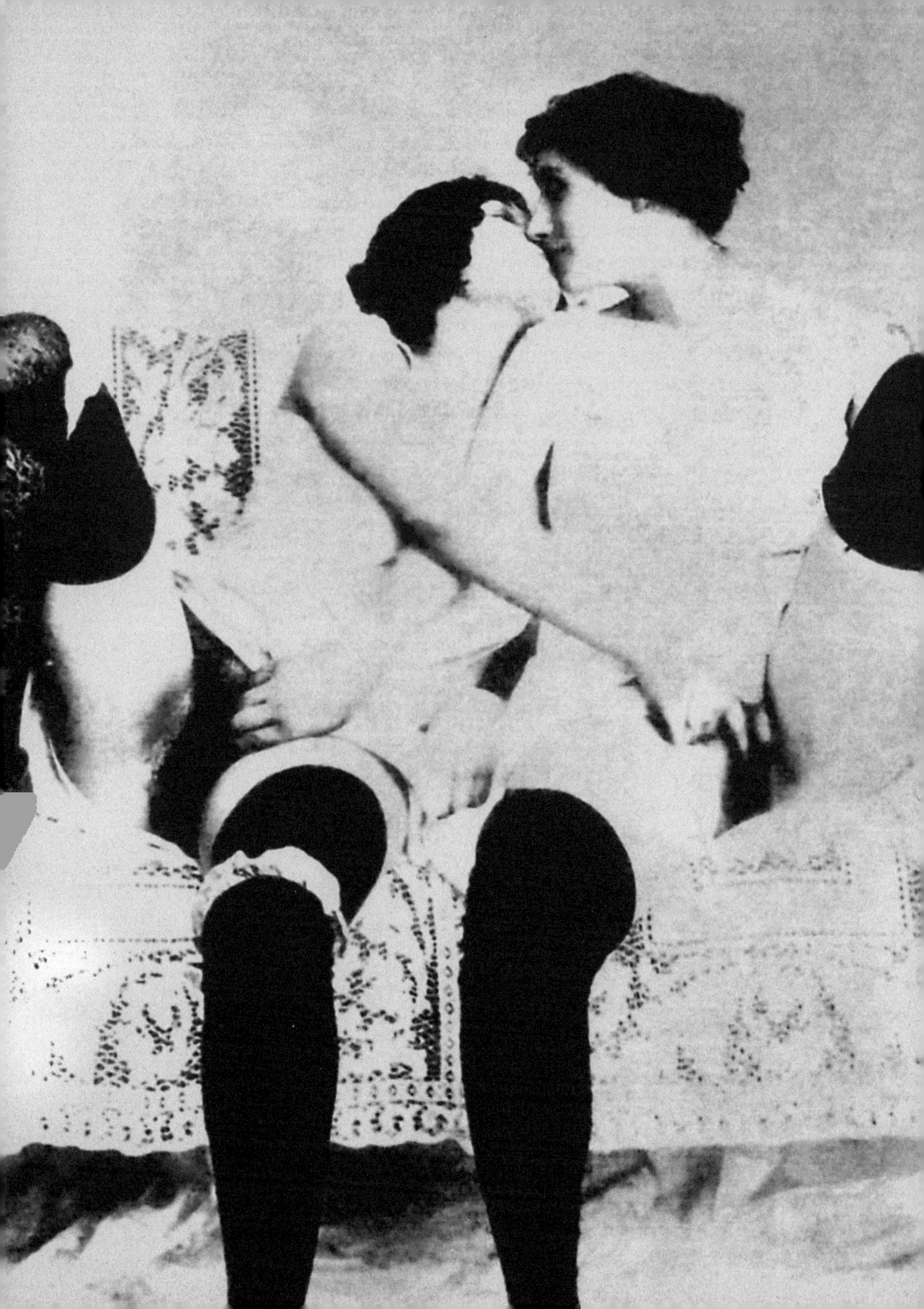

São duas mulheres brancas e belas, Maria e Felipa em São Salvador da BAYA DE TODOS OS SANTOS no ano de 1591, cidade pequena, de ruas enlameadas, casas de pau a pique, cobertura de sapé. Os maridos das duas estavam lavrando terras de outrem, e elas disso se aproveitaram para fazer atos ilícitos.
Lábios ardentes de beijos, peitos cheios de desejos; mãos sábias e lentas, que envolvam todo o corpo de uma só vez. Deitam na cama, tiram suas roupas. Lábios ardentes de beijos, mãos desejosas.
Maria lembra como se desenrolou, naquela tarde, o amor entre as duas: "O vento, a chuva e o granizo, que gemem num côro agourento, concentram mais a todas nós em nossa comunidade amorosa".
"Não obstante, com seu cajado flôrescente, Junho, louro e risonho, chama-nos às portas do parque."
"Felizmente, Felipa, para mim, compensa com muita vantagem a falta da natureza."

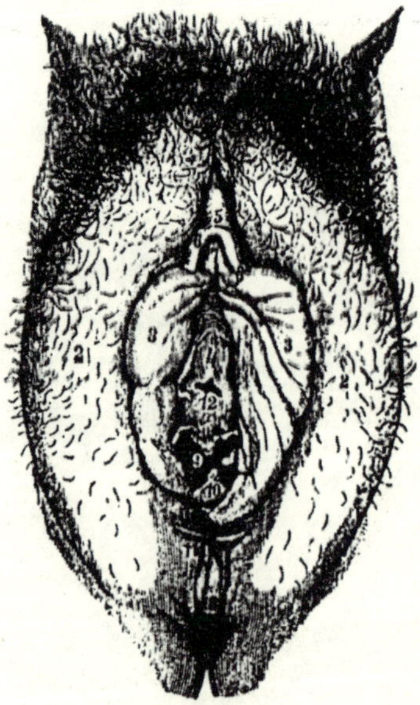

"Tomo-a sobre meus joelhos, e com a mão passeando pelas suas intimidades, animo-a e desperto-lhe os pássaros adormecidos dos seios e do sexo. O indicador de minha mão direita — o mestre! — entre as suas coxas escaldantes, que se apertam quando começo de minha faina, para logo se tornarem accessíveis a todos meus anhelos, quando procuro a mais recondita sensibilidade."

"Nossas boccas se unem; o ventre de Felipa junta-se ao meu e ella monta sobre minhas coxas; estamos tão excitadas pelas mutuas caricias, que apenas os nossos clytoris se cumprimentam e o gozo sobrevêm intensissimo."

"Em seguida, Felipa me envolve num subtil manto de beijos de gratidão. Minha mão reparte a linda cabelleira negra que cae sobre seu collo, e o seu sorriso... o sorriso fresco de mulher que ainda não tem três lustros, antecipou-me a primavera que já tardava."

Mas o caso amor das duas baianas não vai durar muito, tende a se acabar de vez: porque o rígido inquisidor da Bahia, padre Heitor Furtado de Mendonça, ficou sabendo do caso das duas, pelo que ouviu dizer de uma velha fofoqueira, que morava na mesma rua em que moravam Maria e Felipa e, imediatamente, foi atrás delas.

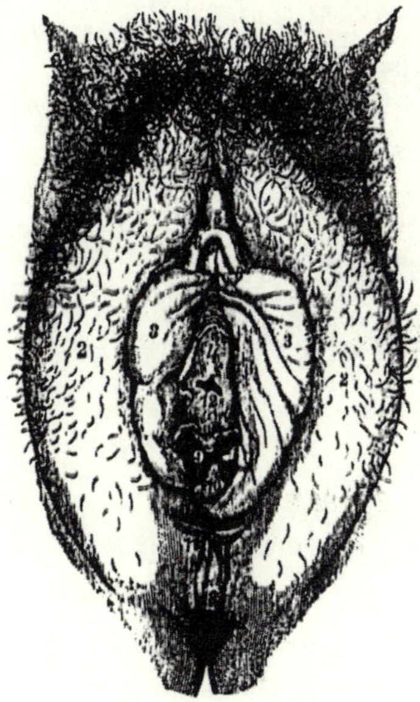

O Inquisidor
e
suas maldades

A sala das torturas

Applicação do garrote antes da queima.

O supplicio da agua

O emparedamento

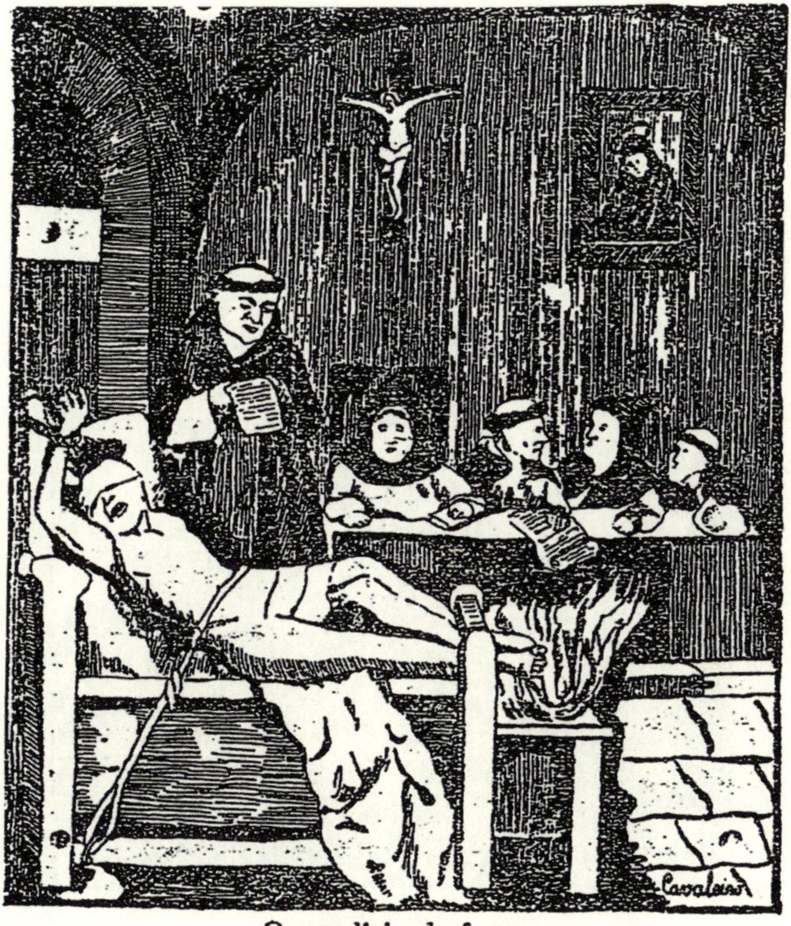

O supplicio do fogo

Um auto de fé

Rremembranças
da
menina de rua
morta nua

O programa mais 'cult' da elite

Luiz Carlos dos Santos

Morganti, Cristina Rocha e Luiz Correa fazem parte da equipe de apresentadores que dão um visual 'clean' ao telejornal

APOENAN RODRIGUES

O *derrière* da modelo e atriz pornô Enoli Lara, que realizou os fetiches do ex-ministro Bernardo Cabral, a loucura ensaiada do dr. Enéas Ferreira e o foco em cadáveres sanguinolentos são imagens da televisão brasileira que caminham para o limbo do esquecimento. Surgido como versão visual das apelativas crônicas policiais radiofônicas, o telejornal *Aqui agora* — diariamente, às 18h30, pelo SBT — não defende mais as cores explícitas da violência. Nem veicula notícias que pareciam ensaiadas. Em dois anos de atividade, o telejornal foi aos poucos mudando de roupa. Hoje, em vez de apenas respaldar o cotidiano popular, também deposita suas credenciais em outras camadas sociais que até já admitem o cronista Gil Gomes no papel de muso porta-voz.

De acordo com pesquisa realiza-

Luiz Paulo Lima

O exótico Gil Gomes é uma das razões para o 'Aqui agora' virar 'cult'

AQUI AGORA

A ÚLTIMA VIAGEM DA PEQUENA

8 DE ABRIL DE 1993 - QUINTA-FEIRA SANTA
GIL GOMES NUM TERRENO BALDIO EM FRENTE AO
JARDIM CAMPANÁRIO DIADEMA GRANDE SÃO PAULO

GIL GOMES: *É um problema paulista, é um problema brasileiro. Em qualquer esquina, em qualquer esquina, qualquer semáforo, meninos de rua, meninas de rua.*

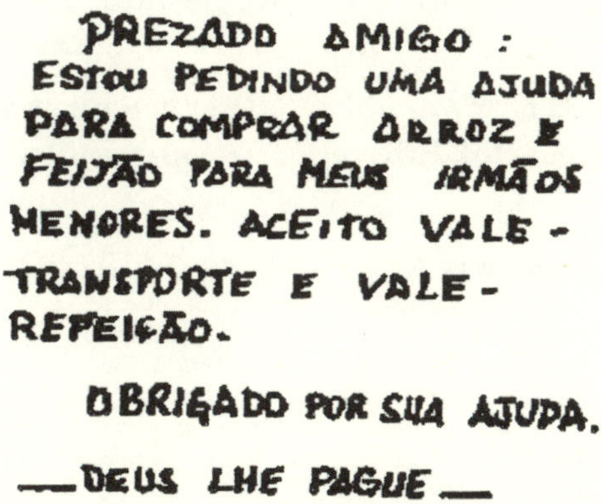

PREZADO AMIGO:
ESTOU PEDINDO UMA AJUDA PARA COMPRAR ARROZ E FEIJÃO PARA MEUS IRMÃOS MENORES. ACEITO VALE-TRANSPORTE E VALE-REFEIÇÃO.

OBRIGADO POR SUA AJUDA.

—DEUS LHE PAGUE—

Bilhete entregue a Valêncio Xavier, no semáforo da avenida Sapetuba com Francisco Morato na quinta-feira 15/4/93 – SP

GIL GOMES: *E a gente se pergunta: como é que um garotinho, uma menininha, como é que uma criança se transforma em menino de rua? Como é que uma menininha se transforma em menina de rua?...*

Reprodução

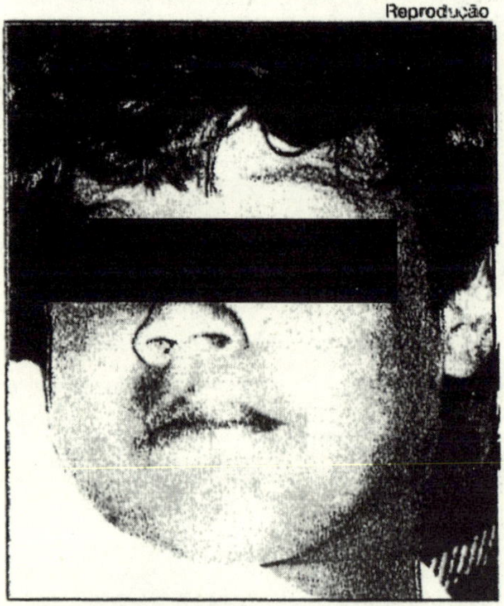

Empregado a teria convidado para manter relação sexual

GIL GOMES: *A história dessa menina que você vê agora, seu nome ███, sua idade nove anos de vida. ███ uma menina de rua. Por quê? Por quê?*

Lembrar, v. Do lat. *memorare*, <lembrar, contar, mencionar; fazer menção de, falar a respeito de; lembrar que>. Houve as fases intermediárias: membrar e nembrar 1. Da primeira que parece ter-se arcaizado cedo, só conheço esta abonação do séc. XIII: <e, pero era menyno, | *rremembra-me* que foi assi>, Afonso X, o Sábio, *Cantigas de Santa Maria*, Nº 256, em J. J. Nunes, Crestonacia Arcaica, p. 423, 2ª ed. Nembrar na mesma época: <Des que a non vi, no er vi pesar | D al, ca nunca mi d al pudi *nembrar*>, D. Dinis, no *C. B. N.*, Nº [468]
Dicionário Etymológico da Língua Portuguesa de José Pedro Machado

O ESTADO DE S. PAULO

Cidades

DESTAQUE O CADERNO DE ESPORTES

Menina é achada morta em trem-fantasma

▬▬, de 8 anos, foi encontrada num caixão do brinquedo, nua e ferida, por funcionários de um parque de diversões de Diadema

O ESTADO DE S. PAULO
Cidades
DESTAQUE O CADERNO DE ESPORTES
ELETRODOMÉSTICOS É NO PONTO FRIO 80 LOJAS EM SÃO PAULO
Menina é achada morta em trem-fantasma
▬▬, de 8 anos, foi encontrada num caixão do brinquedo, nua e ferida, por funcionários de um parque de diversões de Diadema
O ESTADO DE S. PAULO
Cidades
DESTAQUE O CADERNO DE ESPORTES
ELETRODOMÉSTICOS É NO PONTO FRIO 80 LOJAS EM SÃO PAULO
Menina é achada morta em trem-fantasma
▬▬, de 8 anos, foi encontrada num caixão do brinquedo, nua e ferida, por funcionários de um parque de diversões de Diadema
O ESTADO DE S. PAULO
Cidades
DESTAQUE O CADERNO DE ESPORTES
ELETRODOMÉSTICOS É NO PONTO FRIO 80 LOJAS EM SÃO PAULO
Menina é achada morta em trem-fantasma
▬▬, de 8 anos, foi encontrada num caixão do brinquedo, nua e ferida, por funcionários de um parque de diversões de Diadema
O ESTADO DE S. PAULO
Cidades
DESTAQUE O CADERNO DE ESPORTES
ELETRODOMÉSTICOS É NO PONTO FRIO 80 LOJAS EM SÃO PAULO
Menina é achada morta em trem-fantasma
▬▬, de 8 anos, foi encontrada num caixão do brinquedo, nua e ferida, por funcionários de um parque de diversões de Diadema

10/04/1993
Preço de banca dos jornais
Folha de S. Paulo
O Estado de S. Paulo
Cr$ 15,00

A menina de rua ███ ███, de 8 anos, foi encontrada morta, nua,

O gerente disse em depoimento à polícia que realmente deu dinheiro para ███ comprar pão e cigarro. Segundo ele, depois da compra ele não viu a menina.

FSP - 9/4/1993

a convidou para fumar crack e manter relações sexuais.

OESP - 3/4/93

Preço de tabela do pão de 50 gramas
CR$ 3,00

Folha Imagem

Saída do trem-fantasma onde ■■■■■, 9, foi encontrada

Prefeitura interdita parque de diversões

Menina

█████, *de 8 anos, foi*

MARCELO FARIA DE BARROS

A menina de rua █████ █████, de 8 anos, foi encontrada morta, nua, dentro de um dos seis caixões do trem-fantasma do parque de diversões Copacabana Center Park, no Jardim Campanário, em Diadema, Grande São Paulo. O corpo foi descoberto na tarde de terça-feira. A polícia prendeu quatro empregados do parque, mas eles negam participação no crime. Segundo duas testemunhas, que estiveram com a garota pela última vez sexta-feira à noite, um funcionário do parque a convidou para fumar crack e manter relações sexuais.

Os policiais aguardam o resultado dos exames feitos pelo IML de Diadema para saber se houve violência sexual. █████ morreu em conseqüência de traumatismo craniano. Provavelmente, ela recebeu uma paulada ou golpes de pedra.

█████ vivia numa favela perto do parque de diversões. Ela morava com a avó Maria Gomes Pereira. Seu pai foi morto por justiceiros há cerca de um ano. A mãe, Flor de Liz Silva Pereira, está presa por tráfico de droga. A polícia não descobriu o nome do pai da menina.

AQUI E AGORA

GIL GOMES ENTREVISTA A MÃE DE ██████

Você tinha doze anos. Doze anos? Doze anos. *Você arrumou o Toninho como namorado.* Como namorado. *Parecia aquela paixão de menina, ele parecia o Príncipe Encantado.* Príncipe Encantado. (Gil olha para a câmera) *E ela se entregou a ele.* (Ela concorda com a cabeça) *Uma vizinha viu e contou para sua mãe.* Contou para minha mãe e aí meu pai ficou desesperado que ele falava sempre quando eu me perdesse ele ia me dar sete facadas meu pai falava. Aí me levou até a Polícia pra fazer exame delito. *Te colocou para fora de casa.* Colocou fora de casa me deixou na rua. *Aí uma sucessão de problemas.* Altos probremas. (Chora) Minha vida é uma novela. Eu vô contá tudo. Nem um livro maior que o mundo enche ele. (Gil Gomes olha firme para a câmera) *Cada homem que se aproximava dela a queria somente para a cama e assim ela foi vivendo. E assim o tempo foi passando. Um filho, dois. Quantos filhos? Dez? Sete?* Sete filhos. Tenho sete filhos fora o que já morreu.

=7

Segundo informações de vizinhos, ela passava o maior tempo na rua pedindo esmola e em companhia de marginais do bairro. Diariamente, almoçava numa unidade da Fundação do Bem-Estar do Menor (Febem), no bairro da Ágna Funda, na Zona Sul da Capital.

GIL GOMES DEFRONTE À FEBEM

█████ a criação, a falta de oportunidade, de estudo, de tudo. E logo █████ era menina de rua. Quantas e quantas vezes █████ esteve aqui na Febem. Inclusive gostava daqui. Foi aqui que ela almoçou na quinta-feira passada. █████ na sexta-feira foi vista ao lado do parque e depois sumiu. Um sumiço que não foi notado, porque menina de rua ela só de vez em quando ia dormir na casa de sua avó. █████, nove anos de idade. Nove, apenas nove anos de idade. Uma menina de rua havia sumido. Onde estava. Estava morta.

= 9

CORTA PARA APRESENTADORES NO ESTÚDIO

LUIZ CORREA: Ok Gil. Enquanto isso da torre de satélites do SBT estão chegando novas informações do mundo. Os satélites internacionais: O novo ministro francês Eduard Baladier anunciou o pacote econômico para revitalizar a economia da França e reduzir o desemprego. Baladier também...

MORGANTI: Veja a seguir: ovos coloridos, uma arte milenar ganha roupa nova nesta Páscoa.

CRISTINA ROCHA: E você vai ver também...

Corta para foto em cores de ███████
trazendo os dizeres:

TREM-FANTASMA: A ÚLTIMA VIAGEM DE ███████

VOZ DE GIL GOMES (OFF): *Trem-fantasma, última viagem de* ███████*!*

INTERVALO COMERCIAL

Corta para Mônica Waldvogel no estúdio:
Veja no *Telejornal Brasil*: a mesa da Câmara está aprovando uma verba de deixar todo mundo de boca aberta. Os deputados federais vão ter 216 milhões de cruzeiros para tratar dos dentes. Veja também: um misterioso desmaio vem atacando meninas de até dezessete anos no Egito. O *TJ Brasil* começa depois do *Aqui Agora*.

=-17

VINHETA DE ABERTURA DO PROGRAMETE

CONVERSA FRANCA COM O GOVERNADOR

ROBERTO REQUIÃO, GOVERNADOR DO PARANÁ:
Boa noite meus irmãos. Inicialmente quero deixar bem claro para todo o Paraná que a afirmação de que o governo do Estado não passou recursos para o pagamento de juízes e de funcionários do Tribunal de Justiça não é verdadeira...
NO FINAL DO PROGRAMETE, IMAGEM DE CARTELA COM OS DIZERES:

AQUI AGORA
DE OLHO NO DINHEIRO

AMANHÃ
26,88%

HOJE
28,17%

(VOZ DO LOCUTOR OFF): E atenção! Você que é poupadora: as cadernetas que fazem aniversário amanhã vão render 26,88 por cento. E as que fazem aniversário hoje estão rendendo 28,17 por cento.

CORTA PARA CRISTINA ROCHA: Vamos voltar ao crime bárbaro que abalou Diadema no ABC paulista.
MORGANTI: Um crime brutal, desumano, completamente sem sentido... acompanhe!

Mundo do Terror – Há um mês o Copacabana Center Park passou a funcionar na esquina da avenida Brasília com rua Baependi, no Jardim Campanário. Por volta das 12 horas de terça-feira, Claudemir de Oliveira, de 26 anos, funcionário do parque, estranhou o mau cheiro vindo de uma espécie de circo de lona, denominado Mundo do Terror, onde funciona o trem-fantasma. Para entrar no local é preciso passar por uma porta com a seguinte frase: "Entrada dos Corajosos – Venha testar sua coragem". Na porta de saída, outra tabuleta: "Saída dos Sobreviventes".

O Estado de S. Paulo 8/4/1993

GIL GOMES NO PARQUE DE DIVERSÕES

GG: *Sexta-feira, onze e meia da noite.*

foi vista no parque, ao lado do parque, dentro do parque. Também depois ninguém mais a viu. Terça-feira, quatro dias haviam se passado e nesse local, a denominada Casa do Terror, teve um mau cheiro muito grande.

Trem-fantasma coisa nenhuma. O Mundo do Terror é um barracão bem vagabundinho, de tábuas desencontradas, coberto de lona e dentro dele não tem nenhum trem-fantasma. V.X.

GG: *De onde vinha aquele mau cheiro? De dentro da Casa do Terror. Mas provinha do quê? Se procura pela Casa do Terror.*

Oliveira procurou Carlos Humberto Pereira da Silva, de 35, o Nena, também funcionário, e avisou que poderia ter um bicho morto no trem-fantasma. Depois de vistoriar múmias e diabos de cera, esqueletos, miniaturas de túmulos, eles abriram os caixões de madeiras instalados numa das salas.

Nénia, *s.* Do lat. **nénia** (ou **naenia**) <nénia, canto fúnebre; canto triste; canto mágico; refrão; canção infantil, futilidade>; de origem obscura, parecendo, no entanto, mais provável tratar-se de voc. expressivo (vj: *Ernou-Miellet,* s.v.) Séc. XVIII: Eis a campa rebenta, e surgem fóra /Dous vampiros bailando ao som da nenia>, Bocage, soneto nº 177 em *Obras poéticas,* I, p. 102.

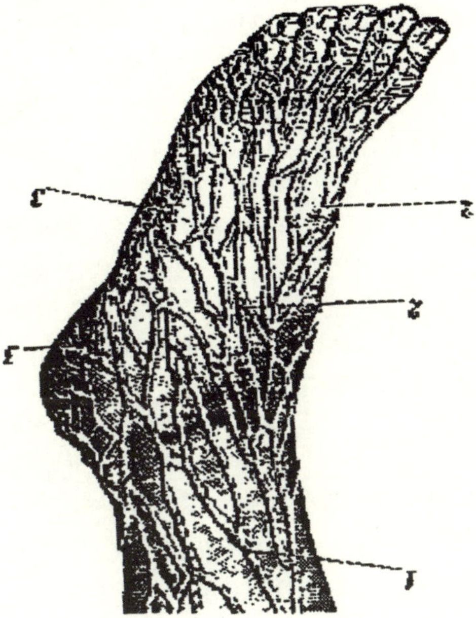

"Quando nós abrimos um dos caixões, apareceu um pé da garota morta e saímos correndo para avisar os donos do parque", contaram os dois na polícia. O corpo de ██████ estava em decomposição, e próximo ao caixão foram encontradas as suas roupas. Ela tinha um grande ferimento na cabeça.

GG: *Num caixão que era para dar susto de brincadeira ali estava a menina. Ali estava ██████. Estuprada e morta.*

Crack — O delegado Antônio de Almeida Maia, titular do 2º Distrito de Diadema (Casa Grande), começou a ouvir os donos e funcionários do parque. Por meio de vizinhos da garota, conseguiu descobrir duas testemunhas importantes do caso: J., de 16 anos, e A., de 13 anos. As duas são meninas de rua e não souberam dizer os nomes dos pais.

As meninas garantiram ter estado duas vezes no parque na semana passada acompanhadas de ████████. Segundo elas, na sexta-feira, **Nena**, o funcionário que ajudou a achar o corpo, deu Cr$ 50 mil para as duas. Ele queria que fossem embora e o deixassem sozinho com ████████ no parque, pois o casal pretendia fumar crack e ter relações sexuais num caminhão do tipo baú, ali estacionado. Depois disso, as meninas só voltaram a encontrar ████████ na terça-feira.

Nena desmente ter estado com ████████ ou a convidado para fumar crack. Ele está detido na Delegacia de Homicídios de São Bernardo do Campo junto com Carlos Alberto Cesarino, José Hamilton de Jesus e Claudenir de Oliveira, todos funcionários do parque, apontados como suspeitos pelas testemunhas.

`Gil Gomes na Casa do Terror entrevista`
`NELO, empregado do parque de diversões`

Eu não foi
Mas foi alguém do parque que conhecia isto
Isso eu não sei
Você não tem noção, não ouviu nada, não ouviu grito
nada?
Nada
Absolutamente
nada?
Nada
Quer dizer, mas você jura que não foi você?
Eu juro que não sou eu
E nem conhecia a menina?
Nem conhecia essa
E nunca tinha conversado com ela?
Nunca tinha visto essa menina em minha vida
Quer dizer você às vezes para esconder uma pequena coisa
a gente acaba se complicando em outra
Exato
Você nunca viu a menina?
Nunca vi a menina
Até tem uns meninos aqui que trabalhava comigo aí
que diz que viu essa menina aí
mas eu nunca tinha visto essa menina
E fica muita menina por aqui?
É fica muita
Quer dizer que você não deve Nelo?
Não devo nada graças a Deus

GIL GOMES NO PARQUE DE DIVERSÕES

GG: *Quem teria matado* ██████*? Aparentemente um local de diversão, de brinquedo. Mas agora é a Casa do Terror, e do terror mesmo. E, por enquanto, tudo é mistério. Quem teria matado* ██████*? O local de diversão, de brinquedos. O medo virou medo de verdade. A morte da Menininha de Diadema...*
Gil Gomes Aqui Agora.

a
morte
escura
longo
tempo
chorando
memorerão

Camões, *Lusíadas*, III, 135

Corta para Morganti no estúdio

Morganti: Bem, só depois da morte de ██████ a prefeitura de Diadema resolveu fechar o parque de diversões: todos os documentos estavam irregulares...

rremembrar,
per que bem e longamente nos lembra
o que sabemos, veemos e ouvimos

CRISTINA ROCHA: Assista agora ao *Telejornal Brasil* com Mônica Waldvogel. Uma boa noite para você e até amanhã.

Trem-fantasma onde foi encontrado o corpo de █████

Polícia suspeita de mais um em morte no parque

Da Agência **Folha**, no ABCD

A polícia de São Bernardo tem mais um suspeito no caso da menina que foi encontrada morta no brinquedo O Mundo do Terror do parque de diversões Copacabana Center Park, em Diadema, na última terça. Segundo informações da Delegacia de Homicídios de São Bernardo, Carlos Alberto Cesariano, 21, também está sendo investigado porque cuidava do brinquedo. Ele nega a acusação.

Inicialmente, o gerente do parque Carlos Umberto Pereira da Silva, 33, era apontado como único suspeito. Ele também nega o crime. Ambos são funcionários do parque onde a menina foi encontrada e nenhum deles foi detido, porque a polícia ainda não tem nenhuma prova contra eles.

A menina █████, 9, foi encontrada morta em um caixão de O Mundo do Terror.

No parque, █████ teria pedido dinheiro para comprar pão a Silva e ele teria pedido que ela comprasse cigarros para ele. Segundo as amigas de █████, Silva teria convidado a menina para fumar crack e manter relações sexuais.

Última notícia sobre █████ publicada na imprensa – *Folha de S.Paulo*, 10/4/1993

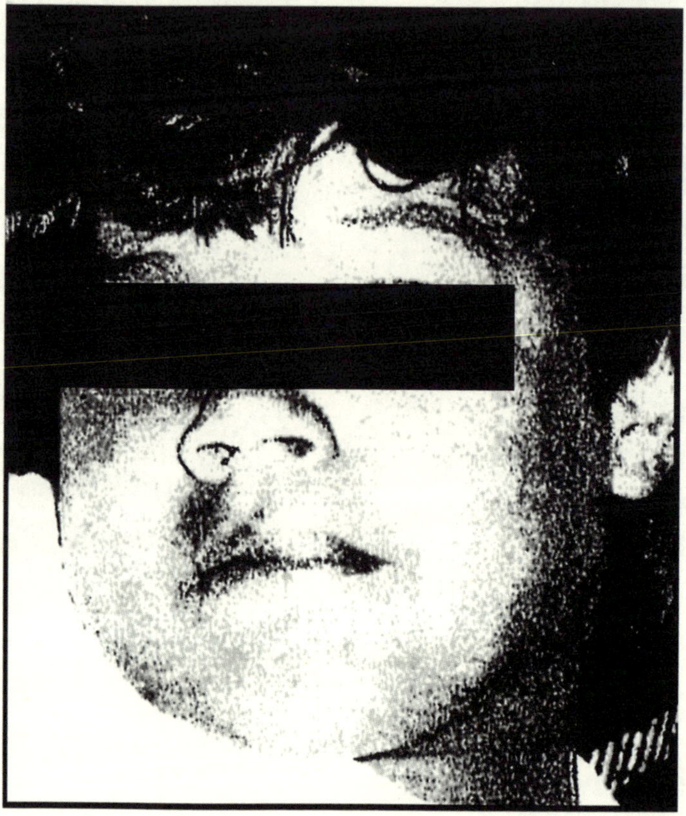

rremembrar
per que bem e longamente
nos lembra o que sabemos
veemos e ouvimos

E assy *som nembrados*
das cousas contrairas
ou da myngua que ham
do comprimento
do seu desejo...

Leal Conselheiro – cap. I, p. 7
e cap. II, p. 39 – séc. XV.

Menor, *adj.* Do Lat. *minore-*, <mais pequeno, menor; *no plural, minores,* os mais jovens (de uma geração); ou descendentes>. A forma mais antiga desta palavra era ***meor*** ou ***meõr***; em 1273, se bem que fosse certamente anterior: <ffrey váásco Custodio dos frades ***meores***>, no *Livro dos Bens de D. João de Portel,* p. III da separata; ainda era empregado no séc. XV: <no Pumar das Virtudes que fez Andre de Paz, menystro dos frades ***meores*** em Cezillia>; D. Duarte, *Leal Conselheiro*, cap. 50, pp. 207-208. ***Menor*** deve-se a intervenção culta e já se documenta no séc. XIV: <...[salvo] se for girifalte ou açor, que devemos comer mais o terço e assi meios as outras aves que ***menores*** sam que estas susoditas...>, Pero Menino, *Livro de Falcoaria*, p. 22. Notar que noutra versão desta obra ainda se usa ***meor*** no passo correspondente ao que se acaba de transcrever; naquele mesmo passo estaremos em presença de um entre tantos exemplos de correção ou adaptação do texto mais antigo por escriba que já falasse outra frase do idioma ou, pelo menos, já utilizasse outra forma do vocabulário. Trata-se evidentemente de uma das palavras portuguesas de que cronologicamente menos sabemos. O certo é que **menor** era já corrente no século XV (ao lado, portanto, de **meor**).

Dicionário Etymológico da Língua Portuguesa de José Pedro Machado

¿

8

ou

9

?

7

O Nome das coisas
o Nome

Uma história sem sentido
de
Valêncio Xavier e J.S. (†)

7

é um número
de
azar
traz
mistérios

SETE é o número que alguém pintou no muro do terreno gramado
com árvores

SETE são as cartas que no Apocalipse São João escreveu às
igrejas da Ásia

SETE letras tem o Alcorão

SETE são os Pecados Capitais

SETE são as Maravilhas do Mundo Antigo

SETE de junho de 632 é o dia em que o Profeta Maomé morreu
com a cabeça apoiada no colo de Aisha

7

SETE foram as calcinhas encontradas na grama da praça que não
sabemos o nome

SETE são as virtudes teológicas

SETE filhos homem nascidos em seguida: o sétimo será
lobisomem

SETE dias tem a semana
o sétimo é dia de descanso

SETE dias eu estive com a Alemãzinha, sete vezes eu pequei

SETE foram as vezes que Maria Bueno implorou para que o
soldado Inácio José Diniz não a matasse

SETE são os anões da BRANCA DE NEVE

SETE letras tem o título do livro dos NÚMEROS da Bíblia

SETE DE SETEMBRO é o dia da INDEPENDÊNCIA do BRASIL

SETE meses é o tempo de nascer uma criança prematura

A calcinha da moça morta no gramado jogada

Alva vulva da mocinha morta em
volta parco pêlo

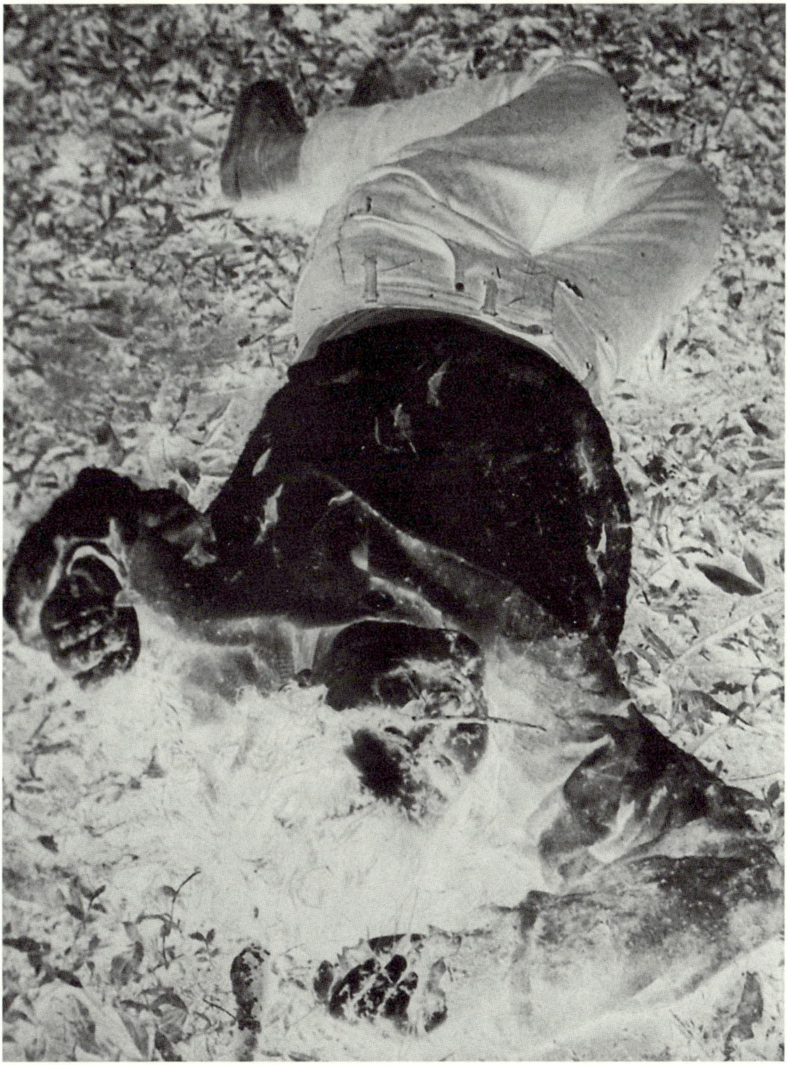

Quem abusou e matou
revestiu-a do jeans que ela viva usava

Antes de fugir e deixar a moça morta,
ele (quem?) deixou a garrafa de vinho que bebia

Nada restou só a solidão

E
O
NEGROR
DA
MORTE

E O NADA

MACAO

UM TEXTO EM IMAGENS
DE

VALÊNCIO XAVIER

FOTOS
DE

CLÁUDIA SUEMI HAMASAKI

V.X. e outras fontes

Macau/Macao
An Men
Portas do Cerco
Istmo Ferreira do Amaral
Ilha Verde
Av. do Conselheiro Borja
Lacerda
Templo de Lin Fong
Canidrome
Fortaleza Mong Ha
Bairro Pai Chi Kei
Av. do Coronel Mesquita
Mercado
Kung Yam Tong
Rua dos Pescadores
Estaleiro
Tou Tei Miu
Jardim Lou Lim Ieoc
Reservatório de Água
Cemitério Protestante
Jardim e Museu Luís de Camões
Cemitério San Miguel
Residência do Dr. Sun Yat-sen
Fortaleza do Monte
Piscina Municipal
Farol da Guia
Casino Jai Alai
Porto Interior
Ruinas de São Paulo
Imbarcadero
Casino Flutuante "Macau Palace"
S. Domingo
Sé Catedral
Monumento a Vasco da Gama
Av. do Dr. R. Rodrigues
Tribuna do Grande Prémio
Leal Senado
Teatro D. Pedro V
Monumento a Jorge Alvares
Av. da Amizade
Palácio do Governo
Liceu
Casino de Lisboa
Porto Exterior
Ermida da Penha e Residência Episcopal
Monumento a Ferreira do Amaral
Baia da Praia Grande
Ponte Macau-Talpa
Ma Kok Miu
Palacete de Santa Sancha
Fortaleza da Barra
500 m
550 yd

MACAO

NOME DE DEUS DE **MACAO** CIDADE
DE QUE NÃO HÁ OUTRA MAIS LEAL

Sobolos mares que vão por Oriente me achei
Sob o sol amarelo calor de **MACAO** *mareei eu*

ardente
ascenso
astroso
ascente
avernal

Sob o sol arfante ao ar de **MACAO** *mareei eu*
Em horas de sesta no braseiro dos trópicos
Qual mistério escondes a portas fechadas?

CAMÕES

CANTO VI, E. 28

Que descuido é esse em que viveis?
Quem pode ser que tanto vos abrande

CAMÕES

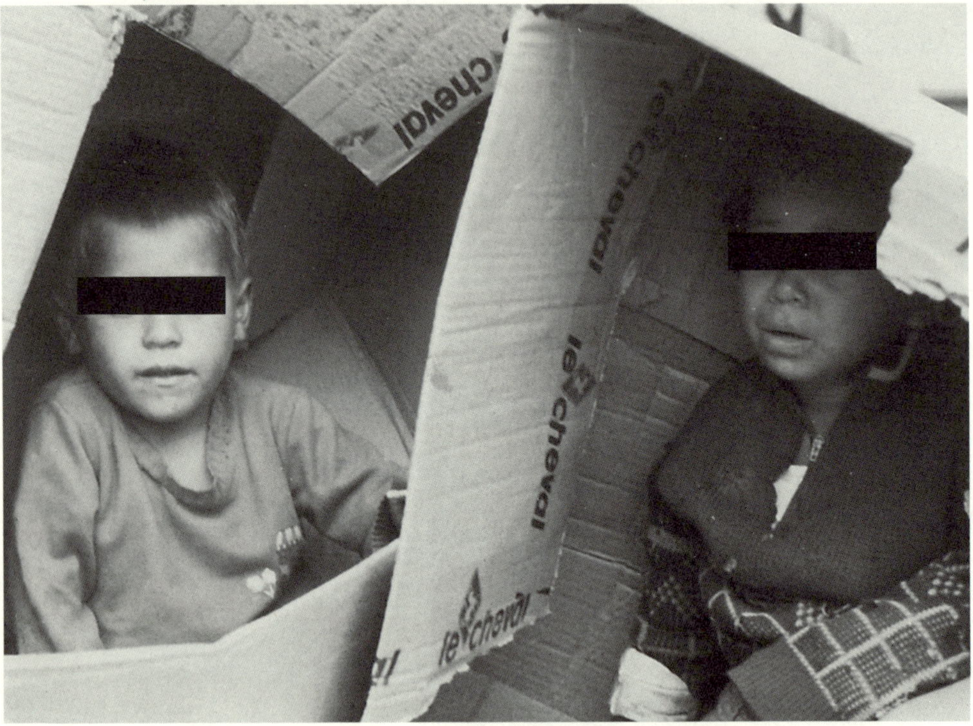
le cheval
le cheval
le cheval
le cheval

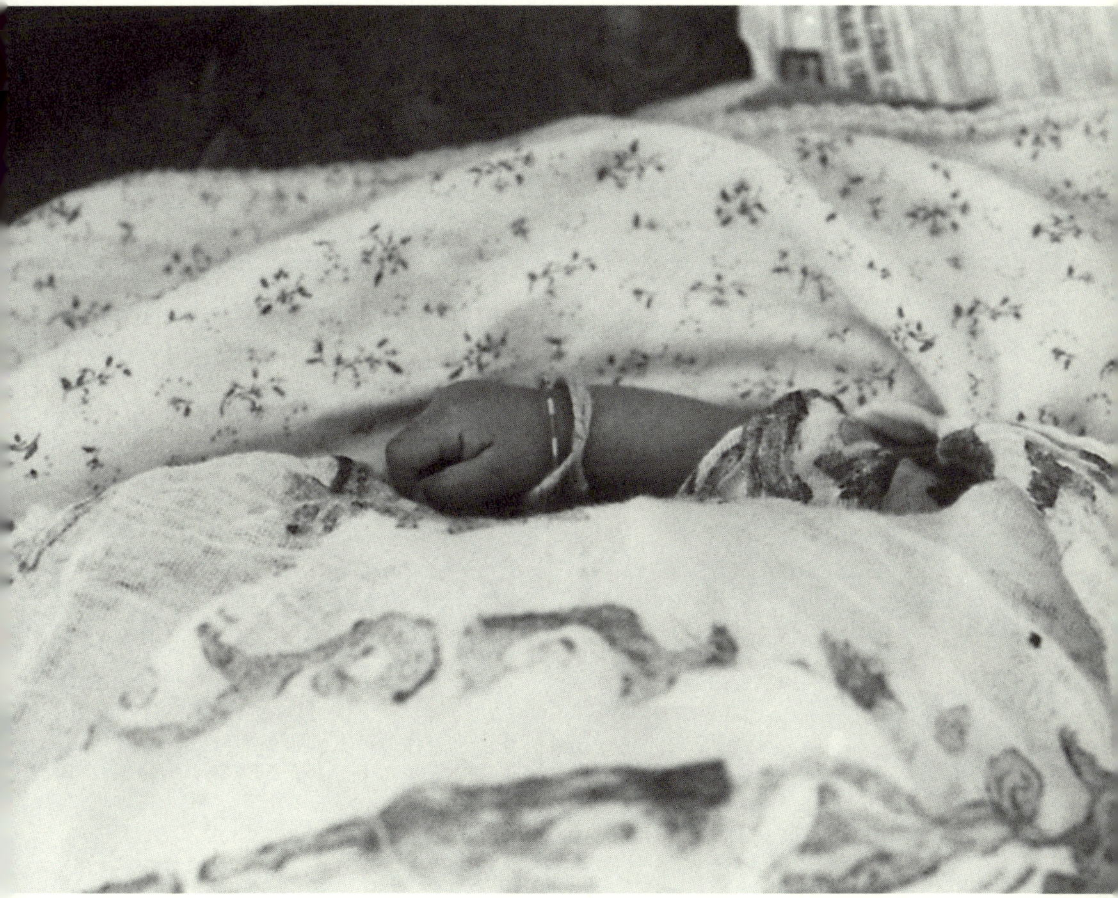

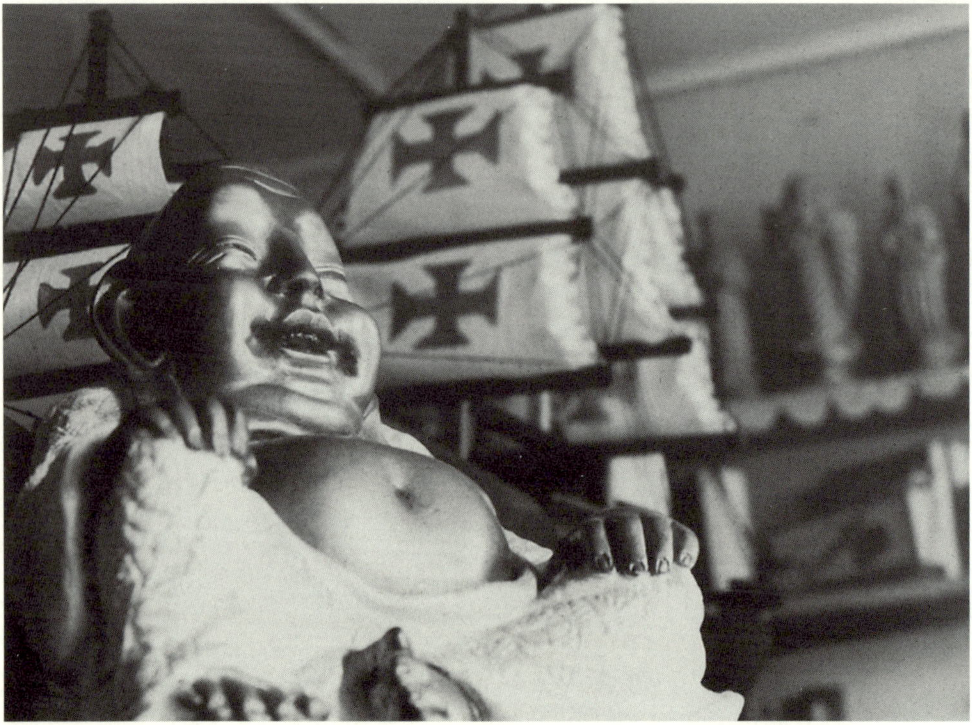

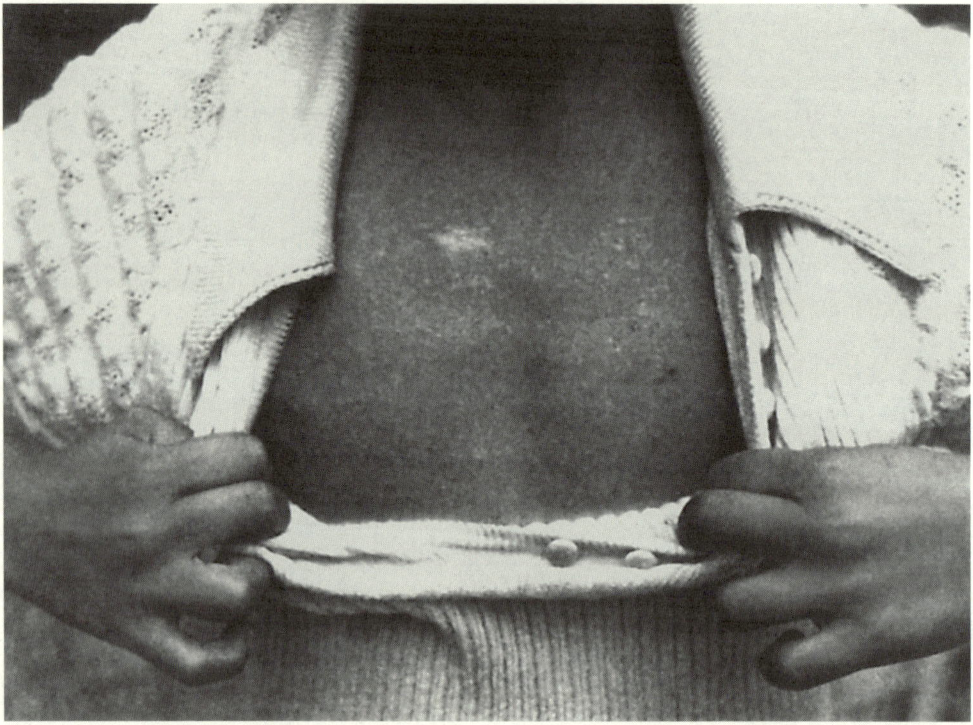

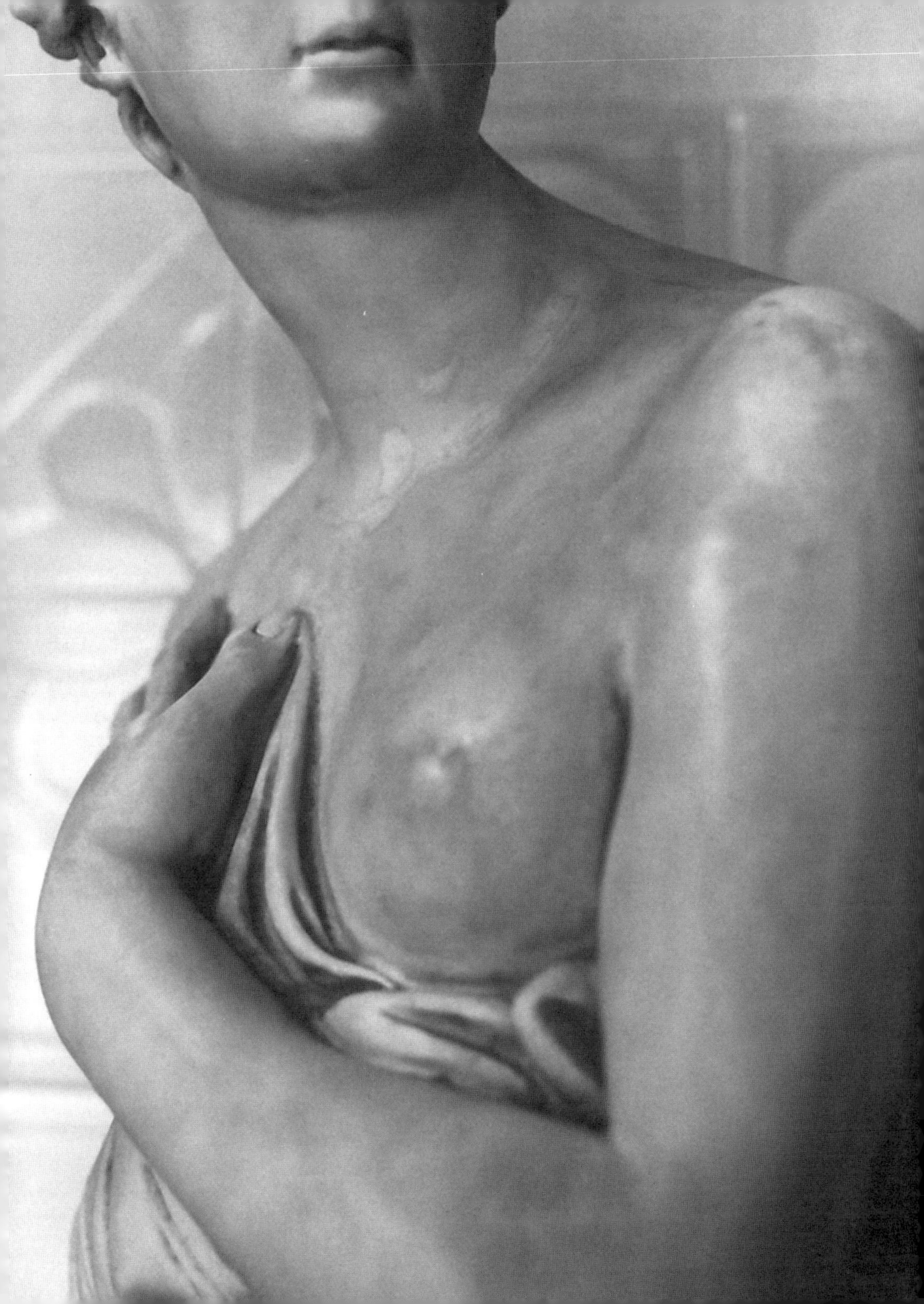

826

TATTOO

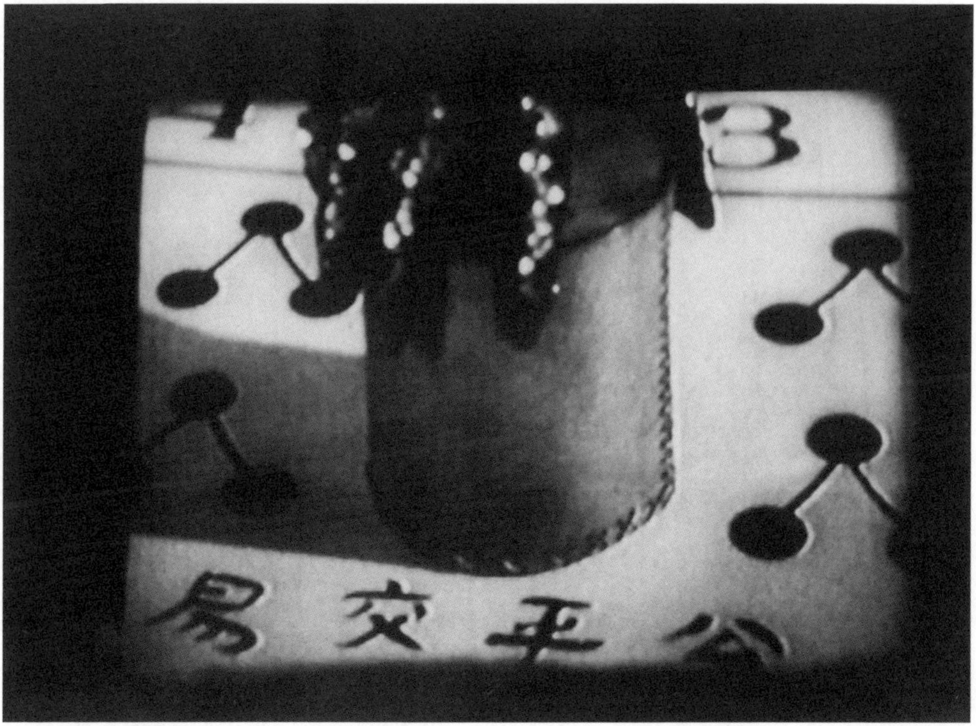

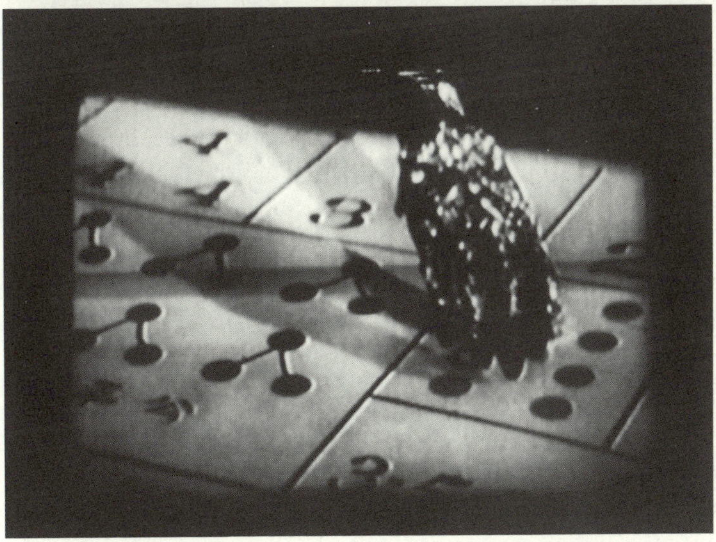

MACAO A visão do Paraíso sob os mágicos poderes do amor, contada pelo diretor suíço Clemens Klopfenstein, é uma antiga história inspirada na mitologia grega de Orpheu e Eurídice. Mas esta similaridade não vai além da associação temática. **MACAO** é um tributo moderno ao tema da "vida depois da morte", amarrado com ação, temperado com suspense e servido com uma dose intensa de fantasia. Um passageiro embarca no aeroporto de Zurique e, sem saber como, se vê nadando na costa de Macao, antiga possessão portuguesa na China. O piloto também chega nadando em seguida. Logo, os dois concluem que devem ter morrido e que Macao só pode ser o paraíso. Para ter certeza, voltam ao mar e tentam morrer outra vez. Cor, 90 min. 1988

O TRECHO DA ENTREVISTA DE ORSON WELLES FEITA POR L'AVANT SCENE DU CINEMA EM 1982

A.S.C.: Falemos então de *Uma história imortal*. É uma novela filosófica de Karen Blixen (Isak Dinesen) que você fez com poucos recursos. Como foram as filmagens?

ORSON WELLES: [...] Todos os interiores foram feitos na minha casa, na Espanha, e os exteriores em **MACAO**. A novela original se passava em Cantão, porto na China, mas lá custava muito caro. Me lembrei que na minha juventude **MACAO** era uma cidadezinha adormecida, vazia e triste... Hoje em dia, ela tornou-se muito melhor... Cantão era impossível, era como Nova York, é uma cidade excitante, e tem um pouco da China, eu teria preferido... Mas a necessidade econômica nos fez escolher **MACAO**.

A HISTÓRIA IMORTAL (1968 – França) 69 m. *** Dir: Orson Welles. Com Jeanne Moreau, Roger Coggio e Norman Eshley. Um curioso conto um comerciante que torna real a lenda do jovem marinheiro que seduz a bela mulher de um homem rico, bem realizado, por vezes deslumbrante este filme feito para TV francesa

EM QUALQUER UM LUGAR QUE SE ESTEJA SE A GENTE ENCOSTAR UMA CONCHA NO OUVIDO SE ESCUTA O BARULHO DO MAR

?

Eu

¿Eu já não matei ela antes disso?
A mulher que amo e que me amava
Em meus braços dizia que me amava
¿Quando a gente começa a matar a
mulher que se ama e que nos ama?
É uma pergunta: quando eu matei?
Onde e quando? Já no primeiro dia?
¿Nesta **MAÇÃO** quando ela me amou?

¿

Eu

Dentes meus mordiscando relando
pentelhos dela o lábio beijando
Última vez que a vi não nua veste
blusa fina de seda verde e pintada
Aponto o revólver atiro e não erro
Morta ela caída o dragão sangra
Abraço a ela morta é minha agora
Toda minha ela será para sempre

Teria eu antes matado a mulher?
A mesma que amo e que me amava
Nos meus braços dizia que me amava
¿Quando a gente começa a matar a
mulher que se ama e que nos ama?
É uma pergunta: quando eu matei?
Onde quando? logo no primeiro dia?
Nesta **MACAO** quando ela me amou

TRECHO DA CARTA DA CHINESINHA AO SEU ASSASSINO

Estava olhando a estrela de Aldebaram perto de Betelgeuse. É sempre Órion, no céu de leste. Quando a gente viaja à noite inteira, olhando de vez em quando para leste, pode ver Órion, o caçador gigante, deitar-se cada vez mais.

EU TE AMO MUITO, QUERIDO

De repente, aos pés desse caçador, surgiu a Lua em chamas, enorme, um disco perfeito de cinco graus de diâmetro. Você sabia que na Lua existe uma antena que capta os desejos dos homens? Por isso a Lua volta sempre a mesma face. Mas não sei de que lado está a antena.

EU TE AMO MUITO, QUERIDO

Gozado, esses desenhos no céu. Parecem eternos. Mudam pouco a pouco durante o ano, mas voltam sempre ao mesmo lugar. Lembro-me bem das noites de setembro, no ano passado, o céu que olhava quando estava com você. Fragmentos de conversa, eu não sabia o que fazer, de repente você era um completo estranho. E as estrelas formavam desenhos que nunca mais esqueci.

EU TE AMO MUITO, QUERIDO

As palavras fogem. Só falo pra você em silêncio nas infinitas câmaras de sonho.

EU TE AMO MUITO, MEU HOMEM

Um tal de Matichandra, filósofo que viveu entre 550 e 650 d.C. classificou o <u>nada</u> em cinco tipos. O primeiro, <u>mishoum</u>, é o estado em que as coisas ainda não surgiram. O oposto disso é o <u>imetsum</u>, o nada depois que tudo desapareceu. <u>Cougom</u> é o nada do tipo "um cavalo não é uma vaca, e vice-versa", uma coisa não pode ser outra. <u>Fuen</u> no caso de dizer "aqui não há um vaso etc....", quando o espaço não coincide com o objeto.

E o último, hikkyaum, é o que não pode haver de maneira nenhuma; o exemplo que Matichandra cita é o de chifre de coelho e pêlo de tartaruga. Um pensador oriental diria "um retângulo redondo" ou qualquer coisa assim.
No entanto, no *Grande dicionário chinês*, fala-se de rin-kak, algo que só pode existir muito, mas muito raramente. Rinkak, isto é, o chifre de Kirin, um animal imaginário como a quimera. Parecido com um veado, patas de cavalo e cauda de boi; na cabeça um chifre envolto em carne, pêlo de cinco cores, não pasta nem come carne, e só aparece quando surge um santo como soberano. O chifre de Kirin, então, é tido pelos chineses como algo extremamente raro. Não há nenhuma imagem de Kirin, mas ele existe.

EU TE AMO MUITO, QUERIDO

... me lembrou uma coisa sobre o chifre de Kirin. Está escrito que ele pode significar pênis. É plausível, já que, como falei antes, é um chifre coberto de carne.

¿eu já não matei ela antes disso?

As mangas não são as chamadas mangas japonesas, são mangas largas, longas, chegando até quase o meio dos braços. É uma blusa de gola alta, de fina seda chinesa, cor verde-mar, comprida descendo até o meio das coxas. Os botões são toletes pequenos finos de bambu, presos por cordinhas. Enfeitando ainda mais a bela blusa, a pintura à mão, em cores brilhantes, de um dragão que se estende desde a parte acima dos seios, debaixo do pescoço pelo lado esquerdo até a parte central abaixo do umbigo. É nessa parte que se acha pintada a cauda do dragão. Talvez a blusa não tenha sido comprada em **MACAO**, mas sim numa das sofisticadas butiques da *Nathan Road*, em Hong Kong. Todas as vezes que ela vestia a blusa verde-mar, trajava uma calça comprida justa, seda preta de tecitura mais grossa e calçava sob meias curtas de branca seda, pequeninas sapatilhas chinesas de feltro negro. Sua pele fina não tinha cor amarelo leitoso dos, era branca marfim transparente como a de muitas mulheres orientais.

O pouco sangue escorrido pelo pequeno orifício que a bala fizera na blusa verde-mar, por cima do seio na altura do coração, o pouco sangue rapidamente coagulado formou como um detalhe da pintura de cores brilhantes, talvez mancha vermelha dos olhos do ameaçador dragão chinês e sua bifurcada língua de fogo.

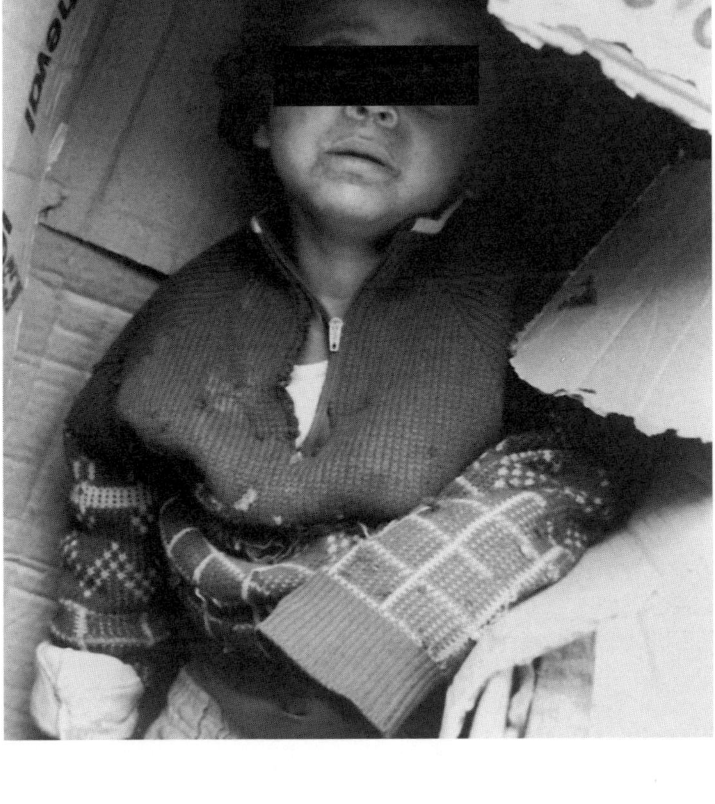

澳 門

MACAO

澳門

Adeus

ADEUS
A DEUS

A
TERRA DE MACAO
COMO DE DEUS
NÃO
HÁ
NO MUNDO
OUTRA IGUAL

Canto sexto

CANTO VI, E 28

Que descuido foi este em que viveis?

Quem pode ser que tanto vos abrande

CAMÕES

A Deus

Adeus

• •

Só me falece
é ter eu de ter
de te abandonar

Valêncio Xavier

COISAS DA NOITE ESCURA

Aconteceu faz muito tempo mas eu ainda lembro bem. Eu estava numa pequena cidade do interior, tinha ido lá fazer um serviço, fiquei hospedado num pequeno hotel, o único que tinha e era ruim. O quarto era sujo e fedia. A cama em que eu dormia estava cheia de pulgas, o lençol tinha furos, o cobertor estava mofado, eu perdia o sono, a lâmpada era fraca, assim eu não conseguia ler a Bíblia que trouxera, sempre leio um trecho e rezo antes de dormir. Resolvi sair e respirar o ar da rua na noite escura, vou andando devagar, o bar e o restaurante da cidade já estavam fechados, não tinha cinema, mas fiquei por ali sem nada para ver. Na praça do centro tinha uma pequena igreja, fui até lá e a porta não estava fechada, entrei, estava escuro, mas as velas do altar estavam acesas, e tomei um susto com um vulto que vi, mas era um padre que me perguntou: "Veio rezar a esta hora?". "Não, entrei para ver a igreja, não sou daqui, estou no hotel, me chamo Valério, e o senhor, padre?" "Me chamo Asmodeu." O padre tinha o rosto cinzento e os olhos vermelhos, as unhas compridas e afinadas na ponta, isso tudo me deixou assustado e resolvi sair: "Boa noite senhor padre, vou para o hotel". "Não, não vai. Vai ficar aqui", disse ele. E me matou, eu Valêncio!

Estou morto.

Créditos das imagens

Todos os esforços foram feitos para determinar a origem das imagens publicadas neste livro. Nem sempre isso foi possível. Teremos prazer em creditar as fontes, caso se manifestem.

MEMÓRIAS DE UM HOMEM INVISÍVEL
[PÁGS. 9-15]
Ilustrações recolhidas de fontes diversas pelo autor.

O BARQUEIRO DA MORTE
[PÁGS. 17-25]
Ilustrações recolhidas de fontes diversas pelo autor.

MULHERES EM AMORES
[PÁGS. 26-37]
Fotos e ilustrações recolhidas de fontes diversas pelo autor.

RrEMEMBRANÇAS DA MENINA DE RUA MORTA NUA
[PÁGS. 39-59]
Ilustrações recolhidas de fontes diversas pelo autor.
Pág. 40: *Jornal do Brasil*, Caderno TV, pág. 18, 27/03/1993, fotos de Luiz Carlos dos Santos e Luiz Paulo Lima.
Págs. 42 e 58: foto Agência Estado.
Págs. 43, 46, 48, 51, 52 e 54: *Estado de S. Paulo*, texto de Marcelo Faria de Barros, Editoria Cidades, 08/04/1993, pág. C1.
Pág. 45: foto Folha Imagem/ José Francisco Diório.
Pág. 51: foto Agência Estado/Clóvis Cranchi Sobrinho.
Pág. 57: foto Folha Imagem/ José Francisco Diório, texto *Folha de S.Paulo*, 10/04/1993, pág. 3-7.

SETE O NOME DAS COISAS
[PÁGS. 61-77]
Fotos de Valêncio Xavier e J.S.

MACAO
[PÁGS. 79-131]
Fotos de Cláudia Suemi Hamasaki e Valêncio Xavier.
Ilustrações recolhidas de fontes diversas pelo autor.

COISAS DA NOITE ESCURA
[PÁGS. 132-7]
Pág. 133: foto Maya Goded/ Magnum Photos.
Págs. 136-7: foto Patrick Zachmann/ Magnum Photos.

Valêncio Xavier Niculitcheff nasceu em São Paulo, em 1933. Está radicado em Curitiba, onde trabalhou na grande imprensa. Foi consultor de imagem em cinema e roteirista e diretor de TV. Como cineasta, recebeu na IX Jornada Brasileira de Curta-Metragem o prêmio de melhor filme de ficção, por *Caro signore Feline*; realizou, entre outros vídeos, *O pão negro — Um episódio da colônia Cecília* e *Os 11 de Curitiba, todos nós*, que recebeu o Prêmio Jangada 1995, concedido pelo OCIC-Brasil (Office Catholique International du Cinéma). Além de artigos e narrativas em jornais e revistas (*Nicolau*, *Quem*, *Panorama*, *Revista da USP*, *Ficções*, *Vox* e *Cult*, entre outras), publicou os seguintes livros:

7 DE AMOR E VIOLÊNCIA. Antologia de contos com outros autores. Curitiba, Edições km, 1964. Segunda edição: Curitiba, Criar, 1986.

DESEMBRULHANDO AS BALAS ZÉQUINHA. Estudo. Curitiba, Payol, 1973.

CURITIBA, DE NÓS. Memória, em parceria com Poty. Curitiba, Fundação Cultural de Curitiba, 1975. Segunda edição: Curitiba, Nutrimental, 1989.

O MEZ DA GRIPPE. Novella. Curitiba, Fundação Cultural de Curitiba, 1981.

MACISTE NO INFERNO. Raconto. Curitiba, Criar, 1983.

O MINOTAURO. Novela. Curitiba, Logos, 1985.

O MISTÉRIO DA PROSTITUTA JAPONESA & MIMI-NASHI-OICHI. Dois contos. Curitiba, Gráfica e Editora Módulo 3, 1986.

A PROPÓSITO DE FIGURINHAS. Crônicas, em parceria com Poty. Curitiba, Studio Krieger, 1986.

POTY, TRILHOS, TRILHAS E TRAÇOS. Biografia. Curitiba, Fundação Cultural de Curitiba, 1994.

MEU 7º DIA. Novela-rebus. São Paulo, Edições Ciências do Acidente, 1998.

O mez da grippe e outros livros. Reunião dos livros *O mez da grippe*, *Maciste no inferno*, *O minotauro*, *O mistério da prostituta japonesa & Mimi-Nashi-Oichi* e *13 Mistérios + O mistério da porta aberta* (contos publicados nas revistas *Quem* e *Panorama* e no jornal *O Estado do Paraná*). Prêmio Jabuti 1999 de melhor produção editorial. São Paulo, Companhia das Letras, 1998.

Minha mãe morrendo e o menino mentido. Reunião dos livros inéditos *Minha mãe morrendo*, *Menino mentido — Topologia da cidade por ele habitada* e *Menino mentido*. Companhia das Letras, 2001.

Crimes à moda antiga. Contos. Publifolha, 2004.

ESTA OBRA FOI COMPOSTA
POR WARRAKLOUREIRO
EM CASLON E UNIVERS
E IMPRESSA EM OFSETE
PELA RR DONNELLEY MOORE
SOBRE PAPEL PÓLEN BOLD
DA SUZANO PAPEL E CELULOSE
PARA A EDITORA SCHWARCZ
EM SETEMBRO DE 2006

HISTÓRIA BIZARRA DA LITERATURA BRASILEIRA